KB242040

고향집 (그림:강정희 화백)

달과 수은등

달과 수은등

모아드림 | 21세기 | 기획시선 ㉗

달과 수은등

정태일 시집

2001
모아드림

自序

無에서 有를 창조하는 깃발 아래
꽉찬 工程을 등에 지고
먼길 걸어왔다

검은 아스팔트에 박혀있던 돌멩이가
차바퀴에 튀어올라
정제된 심장을 칠 때

세상과 나 사이
線이 되어 사라져가는
작은 생명이 내뿜는 가쁜 숨소리를 들었다

차가운 손끝
詩라는 이름의 언어로 포장하여 세상에 내보낸다
또 어떤 화두가
나를 등떠밀어 길 떠나야할지…

제1부 | 달과 수은등

제2부 | 굴참나무

제1부 | 달과 수은등

달과 수은등

노을이 비껴가는 공사장에
콘크리트처럼 박제된 시간이 있다

골재를 실어낸 깊은 웅덩이에
둥근 달이 빠져 있다
가만 들여다보니
달은
잔잔한 물 아래
배고픈 아이처럼 엎드려 있다

바람도 없는 이른 밤
누가 켰을까
공사장 너머
하늘에 매달린 수은등 하나

어머니의 낡은 서랍엔 고약이 있다

어둠이 창을 밀어올수록
별빛 총총해진다
돌아보면 어머니가
낡은 서랍 속에서 고약을 꺼내신다
뒷뜰 처마 밑
어린 노루새끼 한 마리
상처 깊은 다리를 끌고 간다
세상 모든 시름 접어두고
어린 노루새끼처럼
어머니 곁에 가고 싶어라
상처난 다리 절룩이며
동백꽃잎 뚝뚝 듣는
하얀 눈길
붉은 그 길로

까치밥

한껏 얼굴 붉히고
감나무 우듬지 끝 매달려 있다
내 사랑은

바라볼수록 아찔하다

순간 툭, 떨어진다
찢어진 살갗 속
내 사랑의 언어를
부드럽게 감싸고,

누가 밟고 가면 어쩌나

이 가을 너는
나보다 뜨겁게 피가 도는구나

곶감

어머니가 발갛게 벗겨
처마 끝 조롱조롱 매달아놓은 가실감에
촉촉한 새벽 이슬 내려오네
파랗게 언 저녁 별빛 스미네
찬 바람 불어
흰 설움이 실꽃처럼 피어나네
어머니 몰래 따 먹을까
아니야 아니야 어머니가 주시겠지
손가락 하나 둘
세다보니
어느새 깊어가는 겨울밤
화롯불엔 밤이 익어가고
하얀 쟁반엔 씨도 까만 곶감이 담겨 있네
어머니 무릎 베고
나는 착한 곶감처럼 잠이 드네

측량

아지랑이 깔리는 산길에
측량기사 안씨가 박고 있는 것은
말뚝이 아니다
햇빛에 지친 무료한 봄날도 아니다
푸른 산 그리메의 동백꽃도 아니다
이리저리 떠도는 동박새의 외로움도 아니다
첩첩히 포개진 생의 길
흐릿한 측량기 망원경 속으로
안씨가 들여다보는 것은
가물거리는 세월이 아니다
말뚝을 휘돌아나가는 바람도 아니다
아, 석류알처럼 붉은 시간의 모래톱
측량기사 안씨가
측량을 하고 있다.

폐광

길을 내기 위해
산허리를 뚫었다
생나무 불 활활 피워
층층이 선
암석의 뿌리를 달구고
왈칵 찬물도 부었다

과열과 급냉의 낙차,
바위가 부서지고
비로소 산허리는 뚫려

길이 열렸다

거기
녹슬어 잠든
할아버지의 곡괭이와 정(汀)이
처마 아래
아프게 걸려 있다

낮달

낮달은
외로이 떠 있어야지
그래야 마음 설레지
마음 설레야
그리운 사람 부르지
앞서다 뒤서다
구름에 숨어야지
허방다리도 짚어야지
그래야 물에도 빠지지
햇빛에 하얀 얼굴 말려주지
나무에도
좀 걸렸다 가야지
그래야 진달래
꽃물 떨어지지

아침에 보았던 낮달
아직도 저기 있네

석류

늦가을

비

비에 젖고 몸 불어

지퍼가 잘 내려가지 않은 여자

바지의 지퍼 사이가 벌어져

잘 익은 속이 들여다보이는 저 여자

한 입 가득 따먹고 싶네

둑길

빗소리에 옷자락 이끌려
둑길 걷는다
강가의 돌멩이들
잠방잠방 푸르게 몸 씻고 있다

한 마리 피라미가
수면을 솟구쳐 오른다
강둑 허리를 휘감아도는 빗물
성난 황소의 등줄기 같다
저 물소리도
천공을 껴안고 흐르는데
그대에게 흐를 수 없는
나는
담배나 피워물고 마냥 둑길 걷고 있다
그대 생각나면 돌멩이나 던지며

누가 문명의 포대를 열까

바람에 날리는 시멘트 가루
보잘것없는 이 가루가
물과 모래와 자갈과 몸을 섞지 않는 한
우리가 꿈꾸는 도시도 없다

송글송글 맺히는 물거품,
돌처럼 굳어지기 위해
지금은 침묵할 수밖에 없다

우리가 쾅쾅 못박고
바라보기도 하는
이것
하루 아침에 무너져내린 분홍백화점

바람에 날리는 시멘트 가루
강한 응집과
거푸집 사랑, 사이
누가 문명의 포대를 여는가

가을비

당신처럼
톡톡
유리창을 치는
가을비

눈겨 쑥부쟁이

혈관 속, 마디마디 불꽃 툭툭
으스러져가던 대나무 막대처럼
그해 여름, 아버지는 뜨겁게 몸을 태우고 계셨다

시퍼런 동맥, 주사기 바늘 꽂힌 자리마다
시든 도라지 꽃잎이 피어 올랐다

병원문 밀치고 나와 얼마를 걸었을까 우리는
세종문화회관 돌계단에 앉았다
애야, 하늘이 어쩌면 저리 아름다우냐
노을 속으로 타들어가던 아버지의
귀향길

습내가 아픔처럼 스물스물 차오르던
고향집 안방, 장판 밑에 고이 감추어 둔
지폐 몇 장 꺼내시어
수박이 먹고 싶다시던 아버지,
부엌칼로 막 갈라 내온 수박이 뒹굴었다

그 핏덩이
쓸어묻은 담벼락 뿌리에

첫 눈발이 흩뿌리고, 쌓인 눈더미 위로
흙먼지 하얗게 뒤집어쓴 눈겨 쑥부쟁이가
부푼 꽃망울 내밀기 시작했다

저 푸른 손

푸릇푸릇 둥걸 뻗어
가지마다 무성한 잎, 푸른 손 겹겹이 포갠다
바람에 불려나온 흰 꽃잎들, 눈발처럼 휘날리며
허공의 길 흩어진다
밭갈이 하는 아낙네의 머리에 쓴 수건에 앉기도 하고
그늘 아래 낮잠에 든
김노인 바지 가랭이 사이로
드렁드렁 불던 바람에 날리기도 한다

그 흰 나비
생각에 온몸이 오싹 했는데
둥근 햇살의 열기가 솟아오르면서
가물가물 지워지는, 내 의식의 눈 눈 눈
허공에 떠돈다

하얀나비 되어 날아간다

가을날

골목길 낙엽은
붉은 벽돌 담장 밑에서 조을고

감나무 가지 끝 까치는
하늘 밑을 내려다보고 있다

멀리 강둑에
연기가 모랑모랑
노란 손수건 하나도 보이고

이맘때쯤이면 어디선가
하학길 종소리가 댕댕 들려오고

외로운 내 가슴으론
산비둘기 한 마리
단추처럼 떨어지고 있다

공사장 1998

양회를 실은 트럭이
희뿌연 먼지를 피우며 들어선다
두런거리는 말소리가 들린다
〈타향살이〉 구성지게 불러주던
박씨도 삽자루를 놓고
밀린 노임에 며칠째 울상이다
흙먼지 속에 양미간을 찌푸리며
지금 내가 골똘히 들여다보는 것은
도면인가 아니면 내 인생의 축도인가
포크레인도 떠날 시간을 기다리며
검은 그림자 드리우고 있다

자, 이제 얼마 안 남았으니 마무리집시다
해소병으로 쿨럭이는 목수 배씨의 등을 두드리지만
나는 알고 있다
달아난 기업주는 깜깜 무소식이고
이번 어음도 여지없이 부도가 날 것이다
줄담배를 피워물지만
농협 연체이자 지급날이라며
노임을 졸라대던 이씨가
마침내 책상을 치며 고함을 지른다

식당 아지매는 외상 장부를 내민다
은행도 부도나는 세상인데 누굴 믿어요
이 회오리 바람 속에
들어도 못들은 척 못들어도 들은 척
여기저기 전화를 걸어대며
급전도 하루 이틀이지
어쩌자고 이 공사를 끝내려는 걸까
옷갈아입은 콘크리트공 김씨의 다리엔
어느새 시멘트물이 올라 있다

아우성 치던 사람들도 하나 둘 떠나고
공사장엔 어느덧 어둠이 깔린다
외상값에 몸 묶인 사람처럼
그저 멍하니 넋 놓고 있는데
이제 그만 들어가시죠
현장사무소 최씨가 한마디 건넨다
그의 책상 위 먼지 뽀얀 달력엔
얼마 남지 않은 막내아들 등록금 납부일이
동그랗게 그려져 있다

제2부 | 굴참나무

굴참나무

집터는 닻이 튼튼히 내려져야
집안이 번창할 수 있다고
밤잠 설치시던 아버지
소뚝새* 울어
이른 잠 깨우는 신새벽
굴참나무 한 그루를 뒤란에 심으셨다
어머니는 나를 들쳐업고
물끄러미 지켜보시었다

그 어린 나무
어느덧 아름드리 그늘 드리우고
발그레한 열매 수도 없이 떨구어 준다
하나 둘 주워
묵 만들어
아버지 제삿상에 올리니
험한 시절 허기가 엊그제 같아
눈물이 핑 돈다
덕지덕지 터진 껍질에
내 어머니의 깊은 울음이 나이테로 감겨 있을 것 같다

내 어느새 나이들어
굴참나무 앞에 서면 달빛에 부딪혀
떨어지는 댓잎소리, 바람소리
소뚝새처럼 울고 싶었다

*경북 영천 지방의 방언, 소쩍새.

저녁노을

포크레인 등허리에
피곤한 오후의 햇살이 머문다
여기 저기 잘려나간 산허리
속살이 허옇게 패인 소나무가
포크레인의 번쩍이는 삽날을
올려다보고 있다

도면에 긋는 붉은 선
절개지
나의 길

코뚜레에 꿰어 끌려가는 삶,
늙은 사내가
먼 풍경 속에 보인다
뭉개진 것들 울음이
굽은 등 위에 붉다

김씨의 콘크리트 작업

짓밟힐수록
단단해지는 놈이 있다
발목을 적셔오는
시멘트 얼룩이
살 속으로 스며들 때
그의 발은 더욱 빨라진다
그 발 아래
분분한 유년의 그리움이
이른 봄날의 녹녹한 희망이
콘크리트보다
단단하게 되살아난다
그 단단함이
썩은 세상에 질서를 부여하고
뼈대를 추스린다

빗방울

처마 끝
빗방울

몸이 아파 칭얼대던 아랫동생
놀러 가자고 등 톡톡 두드리던 막내
배고파 얼굴 해말간 고것들,
나도 함께
마루 끝에 올망졸망 앉았다

고것들 데불고 나선 고샅길
심술궂은 바람 불었다

바람 분다 어쩌나

처마 끝
저 어린 것들

헛간

내 고향 장동리
보리가 누렇게 익어갈 무렵이면
아버지는
산모롱이 찔레 덤불 흰꽃 무더기 꺾어
뻐꾸기, 뜸북새 울음과 함께
빈 소주병에 꽂으셨지요

찔레 향기, 붉은 입술의 노을 속으로
누나의 얼굴 피어났지요

내 아버지 되어 다시 찾은 고향집
어둔 헛간에는
꽃향기 가득
당신 얼굴, 꿈결인 듯 환해집니다.

먼훗날
나도 누군가의
아름다운 헛간으로 남고 싶었지요

밤불

돌망태 끄는 소리
버드나무 위에까지 들린다
시커먼 산이
물위로 성큼성큼 걸어오고
돌망태에 채곡채곡 채워넣을 강돌들
가끔 손끝에서 지느러미를 털며 빠져나간다

배사면(背斜面) 둑 누운 풀이
근심처럼 출렁인다, 여기도
또 하나의 강이다
망태공 김씨는 쇠사슬에 밤불 꼬아 매며
출렁이며 흘러가는 것들의 길 밝힌다
강물 속 젖지 않는
등불 던진다

무성한 숲

사막에는 길이 없다
막막한 바다다
외딴 섬을 꿈꾸는 사람들은
가도가도
끝없는 바다로 간다
자욱한 모래바람과 막소금이 뿌려진
아타카마*를
쉬지 않고 걸어가는 낙타,
그러나 낙타가 만들어놓은 길은
너무 선명하고 무성해

사막에서 숲을 만들어가는 자
나의 목마름은
숲을 적시고

이글거리는 태양 등허리에 지고
나는 지금
터벅터벅
머나 먼 지평을 걷고 있다

*남미의 소금사막

화왕산 억새

여러 해 떠돌았다
초승달 능선 위에 걸릴 때

내 쉰 너머 당도한
화왕산 산정 길
억새가 스치는 소리에
발걸음이 휘청거리고
마음도 무수히 긁힌다

나 이제
당신 향해
하얀 손 흔들어
붉은 얼굴 받들고 새벽을 맞으리.

고향달

귀뚜리 소리에
마당에 서니
달빛이 소복이 쌓여 있네
낡은 처마는 잠을 깨어
지난 사연 일러주고
뒤안 늙은 감나무
제 그림자 밟고 있네
아! 나는 어디를 헤매다
이제사 돌아왔나
떠돌던 그대
홀로 두고

호롱불

실밥 한 올도
전생의 인연이라며
손끝으로 곱게 떼어내시던 어머니
밤 깊도록
구운몽을 읽으시네

돋보기보다 침침한 밤길
별빛 친구 삼아
언덕을 넘으면
멀리 토담길까지 새어나오는
희미한 호롱불

도둑고양이처럼
살금살금
어머니 방을 지날 때
툇마루에 놓인 저녁 밥상
노오란 삼베 보자기 위로 쏟아지는
어머니의 호롱불

별

고개고개 넘으며
풍진 세상
어둠과 함께 사셨군요
크고 밝은 빛, 달님 앞세워
밤길 밝혀주고
먼발치서
눈물 글썽이고 계셨군요

기쁘고 슬플 때마다
날 위로해주시던
아버지의 그렁그렁한 눈빛, 별이여
오늘은 당신의 강
은핫물 따라
멀리멀리 흘러가고 싶군요

범바위*

실개울이 흐르고
뒷산 바람벽에
댓잎 뒤척이던 곳

겨우내 노오란 잔디가
봄을 애타게 기다리던 곳

아버지
당신이 남겨주신 삶의 텃밭에
따가운 햇살이 자라고
범바위 능선 위로
어린 날의 추억이
석류알처럼 붉게 터져나오던
그 곳

*범바위 : 고향리 능선 바위

개똥참외

쩍쩍 갈라진 밭두렁
잔주름 넓혀가던 잎사귀 사이로
줄레줄레 넝쿨 뻗어가던 줄기의 끝
누군가 싹뚝 잘라갔다
뜨거운 뙤약볕 아래
주먹만한 개똥참외가
새파랗게 엎드려
시든 젖꼭지 물고 있다

가쁜 숨 몰아쉬는
아, 어머니!

마지막 잎새

어둠 헐어내는
가을 달빛 속에

발길에 밟혀 바스락거리는 소리들

거기 빈 가지에 떨고 있는
잎새 하나

밤의 등불
달빛에 닿으려
안간힘 쓰고 있다

제 3 부 | 헌화가

자국

가난이
가슴속 밭고랑보다
깊은 자국을 남기는 법이다
그 깊은 골 사이로
황망한 바람이 불면
손등은 으레 해지고 터지기 마련이다
굼뜨고 미련하기로
농사만한 것이 어디 있으랴
사람 사는 일이 농사 짓는 일만 같아
씨 뿌리고 거두는 일
무엇 하나 달라진 것 없다
지치고 무더운 여름 땡볕 지나
눈앞에 다가선 가을걷이
깝신깝신 도시로 떠난 젊은 것들이
가난의 깊은 고랑을 알겠느냐
해 떨어지는 쪽마루에
빈 소줏잔 하나
찍혀 있다

헌화가

세월의 강, 언저리에
꽃 한 송이 불 켜고 있습니다
그 꽃 꺾어
당신 이마에 달아주고 싶었지요
하지만 강 깊어
건널 수 없었지요

가슴에 세월교 하나
덩그렇게 걸려 있습니다
난간에 걸터앉은
한 사내 꽃을 꺾으려던 손
푼 채
물 속, 흐르는 달만 바라보고 있습니다

거푸집

콘크리트 덩어리
저 캄캄한 공간이 선을 물고 면을 이루면서
그들은 탄생한다

합판과 철판이 재료의 틀이다
말랑말랑 잘 반죽된 콘크리트
차갑게 뒤엉킨다
송글송글 땀방울이 맺힌다
28일간의 열애
온도, 바람, 세월이 버무려진 몸

언젠가는 후미진 공터
꺾인 팔다리 앙상한 뼈대로 버려질
몸, 못 박혀 얽히고 설킨
철선 천천히 풀어내시는
어머니,
어머니의 몸이다

철근

헐어내고 물어뜯는
저 부레카의 이빨
구부러지고 뒤엉킨 철근가닥들이
면발처럼 무더기로 끌려나온다

철근 콘크리트는
한 세기를 넘어서는 내구성을 가졌다는데
이대로 쉽게 허물 순 없다
부실, 그것은 용광로 속으로 미련없이 던져지는
철근에 대한 단죄다

오랜 담금질 속
서늘한 댓바람소리 쟁여놓고
벽이며 옥상의 콘크리트 속에서
캄캄한 유폐의 나날을 견디었다
시뻘건 녹은
피, 피눈물이다

힘없는 자, 그대들은 무죄다

천둥소리

상처 깊어
부둥켜 안고 하늘 큰 울음 터뜨리나
그리움 사무쳐
응어리 진 심장의 박동소리
이렇게 크게 뛰나
내 가슴, 그 누구 있어
우르릉 쾅쾅 대못을 치고 있나

흙바람 휘몰아오던 밤
온몸 적셔오던
네 눈물도
구름 속 어디 숨겨 두었나?

앵두

나는 안다
앵두나무 우물가
파아란 샘줄기가
끊어질 듯 이어지는 까닭을
어젯밤
조록조록 내린
저녁비 때문이 아니다
철없는 앵두나무도
가슴에 늘
조그마한 우물을
하나씩 품고 있다
백발이 내린 당신의 뺨이
아직도 붉은 건
실이끼보다 가느다란 우리의 인연이
끊어질 듯 끊어질 듯
이어지기 때문이다

봄밤

진달래 꽃잎
뚝뚝

이름 석 자
가슴에 새겨두고
유행가처럼
열차에 몸 실은 가시내가
미치도록 그리워지는

봄밤

산꿩

갈밭 언덕 너머

낮달이
구름에 숨을 때
당신은
논둑길을 가로질러
징검다리도 없는 개울
바람처럼 지나셨지요

누구나 한번쯤 뒤돌아보는 산모롱이를
무심히 지나지 못하고
싸리밭에 숨어 우셨지요
어리석은 제가 달려갔을 땐
애꿎은 산꿩만이
푸드득 날아오르고
떨어진 싸리꽃만 하얗게
흐트러져 있었지요

당신이 밟고 지나간 게
바람이 아니라
그냥 지나가는 구름이 아니라

엄청난 세월이란 걸
오늘 알았지요.

긴 긴 세월이 흘러도
산모롱이 하얀 싸리꽃밭에
숨어 우는
당신이 아직 보여요.

하얀 싸리꽃 당신께 드리는 까닭은
산꿩 때문이지요.

寒蘭

파도소리에
차마 다른 꽃은 피지 못한다

겨울 바람에 목 내민
오오, 지독한 그리움

해송 그늘 아래
목마른 영혼은
진한 향기를 머금었다

여자여, 하이얀 목덜미에 파도 한 자락
푸른 쇼울을 걸친 여자여

콩새

고향집 개울가
늙은 느티느무 한 그루
콩콩콩 놀던
콩새 한 마리
포르릉 빈 숲으로 날아가버렸다

썩은 나무둥지 속
내 마음만한 구멍이 나 있다
삽짝문 밀어오던
바람의 부리가 콩콩콩
슬픔을 쪼고 있다

마라도 · 1

모슬포에서 뱃길 한 시간
울렁거리다보면 닿을 수 있는
섬

수평선을 향해 달리는
태양
자전거 바퀴가 탱탱하다

초등학교 운동장에는
뭍으로 나가는 길, 그 꿈을
그리는 아이 둘이 앉아
물오리처럼 놀고 있다

마라도 · 2

뱃고동 소리에
하얀 손 흔들고 있는
섬

너 하나 키우고 싶어
흐릿한 눈 들어
언덕 위 등대 바라보면
면벽을 물어뜯는 파도소리
까맣게 타들어간
내 가슴 넘어
시퍼렇게 쳐들어오고 있다

빈 산

그대 떠나보낸
산에서
나 그대 이름 부르지만
나뭇가지 하나 흔들지 못하네

바람 불어 서러움
어질어질 산허리 맴돌고
온 길 햇살
갈 길 아지랑이

치맛자락 같은 붉은 노을이
서산마루에 걸리어
그대 떠난 길
지울 길 없네

떡갈새 한 마리 울며 가네

물방울

허공에 매달려 외줄마저 놓아버린

어머니 눈물 같은
처마 끝
빈 손!

저 달

저 달
제 몸 뜯어
흰 길 깔고 있네
산 아래
나무들이 걸어 나오네
흰 버선발로 가고 있는
늦은 저녁
어둠이
가만히 숨어 엎드리네

귀로여, 그대 향한
혀 짧은 그리움에
핼쓱한 얼굴로 울고 가네

제4부 | 사람들 다 돌아가고

백동전 두 개

봄비 속
신호등 앞 아스팔트 위
빨간 핏자국이
빗물 움켜쥐고 있다

중국집 배달소년이었다고 한다
소년이 흘리고 간
백동전 두 개,
꽃잎처럼 붉게 젖어 있다

그 꽃잎, 붉게 충혈된 눈빛에 감전되어
밤늦도록 펜을 들고
세상 밖의 그 소년에게 편지를 쓴다
내 부끄러운 삶에 대하여

봄

물가 돌미나리
실올 같은 발가락
뽀얗게 씻고 있다
수초도 햇살에 꽂혀
물 위에 뜨고
산등선이 잔설 털며
들길도 꿈틀꿈틀
명아주풀 몰고오는
시간

아, 귀 간지럽다

겨울강

새벽안개를 벗고 있다

내 발자국 소리에
부시시 잠깨는 강

갈라진 얼음장 밑으로, 내 근심의 고만고만한
잔돌들 구른다. 어디선가 졸졸졸
낭랑한 시낭송도 들릴 듯한데

문득
저 물새 길게 날아간 뒤
서릿발 위에
총총총 찍혀 있는
발자국들…

아침 햇살이
어디론가 데려가고 있다.

말라붙은 꽃

비무장지대
쇠말뚝이 길을 막고 서 있다
녹슨 철조망에
들국 한 송이 꽂혀 있다

누가 꽂아 놓았을까?
저 차고 슬픈 언어

밤이면 별을 보고
이름 모를 산야에 피었다가
레일 잃은
철길에서 지고 있다

어느 병사의 녹슨 철모 곁에서
바람 끝에 말라붙은 꽃
찬 이슬에 젖어 있다

대숲, 반딧불

숲은 검은 섬처럼 일렁거렸습니다
그 사이를 가로지르며
깜빡깜빡 반딧불이
먼 등불 같습니다
적요한 저 숲 어디,
비명 같은 소리도 바람에 섞여
흐느끼듯 들려왔습니다

도둑고양이가 물어다 둔
생선뼈 하나
새벽 이슬에 젖어
하얗게 돋아나고 있습니다

밤새도록 사운대던 댓잎 사이, 휘청거리며
솟구치는 댓가지에
그 가련한 것들
인(燐)이 밤 새워 떠돌았나 봅니다

먼동이 트고
새들이 먼저 고요를 깨트립니다
대숲의 은밀한 이야기도 잠을 털어냅니다

내 영혼은
아직 반딧불로 떠돌고 있습니다

겨울산

언제나 쓸쓸하던
고향길에
굴삭기 한 대 우뚝 서 있다
삽날에 한 줄기 햇살이
허리를 꺾는다
무덤 하나 솟는다

해 저문 겨울산을
한 무리의 사람들이 내려간다
솔가지 사이로 눈썹달이
굴삭기처럼 우뚝 솟아오른다
사람들은 보이지 않고
겨울산 같은 무덤만
세상을 바라보고 있다

비탈

그대 상처가 벌겋게 터져 있다
한번도 허리 꺾지 않은
그런 죄목으로 서 있다
아, 백두대간
만장의 펄럭이는 바람, 눈썹 너머
새벽녘에야 눈 붙이시려는가
안 된다 안 된다 직립하라
달빛에 걸리는
세월, 흰 그림자

가랑잎

사람들 다 돌아가고
텅 빈 공원
벤치에
낙엽들…
외등 불빛에 젖어 떨고 있다

한 잎 주워
가만 들여다보니
차가운 날개 접고 있다
그대 창가로 날려보내면
어느새 휘돌아
내 발등에 얹힌다

새벽 달빛 속
별이 된 가랑잎이
젖은 날개 안고
무수히 떠돈다

가을 고추

누런 대궁 끝
풀무질에 벌겋게 몸이 단
어머니의 호미 같은 고추
내 뼈 속에서도 익어가고 있습니다

벌레가 뚫어놓은 실구멍
그 고추집 안에 앉아 있으니
내 마음도 그 구멍만큼 아파옵니다

더위 지나면 나의 상처는 아물겠지만
노란 등불 켜고
씨앗들 부르는 그리운 소리에
내 귀도 기울어 곱게 물들어 갑니다

주렁주렁 사연의
고추목 꺾어
한아름 가슴에 안으면
푸른 하늘 같은 물결 일어
나의 반쪽 가슴 가져간 당신께 보내드리고도 싶군요
하얀 봉투에
붉고 등 굽은 사연 가득 담아

소

여물통에 흰 김 모락모락 솟고 있다
포도알 같은 눈망울
그렁그렁 젖어
멍에에 걸린 요령 흔든다

느릿느릿 여물 씹듯
더 느리게 나를 되새김질 하는
봄날

네 발 딛고
엉덩이에 붙은 쇠파리를 쫓고 있는
저 묵직한 중심
굽은 등에 햇살이 내린다

아버지
굽은 등에 햇살이 꽂힌다

옛집에 뜬 달

마당에 군데군데
마른 쑥대가 울어
봄은 오고

해묵은 감나무 가지
새순 돋아 흙담에 조을고

깨어진 옹기 그릇
고인 물에
지난해 떨어진
감 이파리 하나

하현달이
저 혼자 기울고 있네

산딸기

산딸기 덩굴이 바람에
흔들린다. 흔들릴 때마다
하얀 속옷 내보이고 있다
흔들리는 잎새 사이로 빨간 눈,
열매가 눈뜨고 있다
고 작고 예쁜 것들
꿈이 촘촘히 박혀
내 가슴 깊이 뜨겁게 파고든다

검붉게 익어
툭 떨어지면 어쩌나
두근대는 마음 다독이며
아, 누구인가 손 끝
발갛게 젖어서라도
먼 당신께 닿고 싶다

겨울새

늪 갈대밭에
묵은 바람이
한파처럼 서걱서걱 일어선다

차가운 몸 뒤척이는
물새 한 마리
하얀 꽁지를 털고 있다

물 속
흐르는 초승달을
하얘지도록 쪼고 있다

들국화

저만치 혼자 쪼그려
피어 있다

두 자식 뿔뿔이 객지로 떠나보내고
평생을 홀로
살아오신 어머니

저녁 들녘에서
밥 먹으러
오라오라
나를 부르는 그 손짓

끝도 없던 농사일에 지친 어머니
잠결에도 끙끙
앓는 소리

별 하나 뒤척인다

그대 달처럼 기울지 아니 하리
— 2 · 28 40주년 기념사에 붙여

길을 막던 자도
막힌 길을 전진하던 우리도
역사의 갓길로 비켜 선 40년
아! 그날 1960년 2월 28일
부정부패에 항거하던 꽃다운 우리
붉은 선혈이 꽃잎처럼 도청광장을 물들이고
목숨보다 소중했던 책과 공책들이 신발 아래 짓밟히고
그날의 절규
그날의 끓어오르는 분노
아무도 몰랐으리
푸르고도 싱싱한 우리들의 외침이
3 · 15를 규탄하고
4 · 19로 이어져
이 땅에 민주주의가 살아 있음을 알리는
첫 신호탄이었음을
도도히 흐르는 역사의 물결도
그것이 민주화의 탯줄이었음을
눈치채지 못했으리
아, 아직도 눈에 선한 그날의 모습
귀에 쟁쟁한 그날의 함성
잊혀진 싹을 꽃으로 피워내는 역사여

망각 속으로 사라지는 무심한 세월 속에
공원이 되어버린 광장이여
중앙통을 썰물처럼 밀려가는 차량이여 빌딩이여
수성천변의 차가운 바람이
옷깃을 스치는 오늘 아침
모든 것이 변하고 사라져도
사라지지 않을 그날의 외침은
달처럼 기울지 아니 하리

달빛과 굴참나무
— 정태일의 시

오형엽
(문학평론가)

정태일 시인의 시는 하나의 연결고리를 통해 현재와 과거 사이를 왕래한다. 현실의 공간에 구멍을 내고 과거로 거슬러 올라가며 그 본래적 생의 근거로부터 오염된 현실을 정화하는 힘을 얻는다. 정태일 시인이 바라보는 현실은 우수와 비애의 그림자를 드리우고 있다. 그것은 그리움의 대상인 당신이 부재하는 현재의 공허함으로부터 생겨나는 듯하다.

진달래 꽃잎
뚝뚝

이름 석자
가슴에 새겨두고
유행가처럼
열차에 몸 실은 가시내가
미치도록 그리워지는

봄밤

—「봄밤」 전문

　"진달래 꽃잎/뚝뚝" 떨어지는 낙화(落花)의 이미지는 "봄
밤"의 화사함을 소멸과 퇴락의 아우라로 휘감는다. 떨어지는
꽃잎이 지닌 추락의 이미지는 그리움의 대상인 "가시내"의
부재와 연관되지만, 봄밤의 진달래 꽃잎은 그 대상에 대한
그리움을 강하게 되살려 놓는다. 따라서 이 시는 부재와 그
리움, 고독과 연정 사이에서 부유하는 아스라한 시적 울림을
전해 준다. 여기서 우리는 정태일 시가 사랑하는 대상에 대
한 한없는 그리움에서 촉발되고 있다는 점과, 그 그리움을
시적 기율 속에 정제시키는 절제의 미학이 주된 형상화 방식
이 된다는 점을 엿볼 수 있다. "열차에 몸 실은 가시내가/미
치도록 그리워지는" 연모의 감정은 「석류」「까치밥」 등의 시
에서 에로스적 사랑과 결부되면서 강렬한 시적 열도를 형성
하기도 한다.

한껏 얼굴 붉히고
감나무 우듬지 끝 매달려 있다

91

내 사랑은,

바라볼수록 아찔하다

순간 툭, 떨어진다
찢어진 살갗 속
내 사랑의 언어를
부드럽게 감싸고,

누가 밟고 가면 어쩌나

이 가을 너는
나보다 뜨겁게 피가 도는구나

— 「까치밥」 전문

　시인은 감나무 우듬지 끝에 매달려 있는 까치밥과 자신의 사랑을 유비의 관계로 연결시킨다. 이 사랑의 풍경은 "순간 툭, 떨어"지면서 그 내면의 속살을 드러낸다. "뜨겁게 피가" 도는 이 "찢어진 살갗 속"의 사랑은 "바라볼수록 아찔하다"와 "누가 밟고 가면 어쩌나"에서 그 현기증 나는 사랑이 끓어 넘치는 것을 허용하지 않는 절도의 미를 형성한다. 뜨겁게 피가 도는 사랑은 그러나 늦가을 감나무 우듬지 끝에 매달려 있는 까치밥과 같이 청춘과 중년을 지나 장년의 가슴에 맺혀있는 회상의 사랑이다. 이처럼 정태일의 시는 부재와 그리움, 뜨거운 사랑과 그 절제 사이에서 형성되는 여백의 미학에 근거하고 있다. "당신처럼/톡톡/유리창을 치는 가을비"
(「가을비」)에서 더 압축된 표현을 얻고 있는 이 여백의 미학
은, 자연 및 고향 마을을 중심으로 한 배경 속에 가을 혹은
겨울의 계절 감각과 저물녘의 시간대가 용해되면서 고독과
우수의 아우라를 형성하고 있다.

골목길 낙엽은
붉은 벽돌 담장 밑에서 조을고

감나무 가지 끝 까치는
하늘 밑을 내려다보고 있다

멀리 강둑에
연기가 모랑모랑
노란 손수건 하나도 보이고

이맘때쯤이면 어디선가
하학길 종소리가 댕댕 들려오고

외로운 내 가슴으론
산비둘기 한 마리
단추처럼 떨어지고 있다

—「가을날」 전문

　　이 시는 풍경에 내면 감정을 개입시키는 정태일의 시적

형상화 방식이 잘 드러난 작품이다. 그것은 감정을 직접 진술하지 않고 외부 풍경과의 유비를 통해 이미지를 형성하는 묘사의 방식에 근거한다. 1-3연에서 두드러지는 것은 색채 대비의 방식이다. 1연의 "골목길 낙엽"의 쇠락한 이미지는 "붉은 벽돌 담장"의 색채와 대비되어 그 미묘한 우수의 아우라를 형성하고 있다. 그리고 2연의 "감나무 가지 끝 까치"가 지닌 황량하면서도 강렬한 색채는 다시 1연과 대비되는 동시에 조화되는 이중적 색채 감각을 형성한다. 1연의 "조을고"와 2연의 "내려다보고" 또한 풍경화의 대비적 구도를 훌륭하게 드러내고 있다. 이러한 대비와 조화의 구도 속에 원근법의 방식으로 그려진 3연의 "연기"는 "노란 손수건"의 색채와 함께 아스라한 배경으로 드리워지면서 풍경화의 전체적인 구도를 완성시킨다.

낙엽과 감나무와 까치와 연기로 구성된 이 가을날 저녁의 풍경화는 4연의 "하학길 종소리"를 통해 아스라히 스며드는 배음(背音)을 형성하고, 다시 5연에서 시적 자아의 "외로운" 감정을 노출시킴으로써 풍경에 내면 감정을 개입시키는 방식으로 마무리된다. "산비둘기 한 마리/단추처럼 떨어지고 있다"라는 마지막 구절은 풍경과 내면의 결부 방식을 엿보게 하는 동시에 그 여운의 미가 던져주는 시적 기율이 높은 수준에 올라 있음을 확인시킨다. 풍경과 내면의 유비, 황혼기의 고독과 우수로 요약될 수 있을 정태일의 '여백의 미학'은 '달빛'의 이미지를 중심으로 변주되면서 나타난다.

　　늪 갈대밭에

묵은 바람이
한파처럼 서걱서걱 일어선다

차가운 몸을 뒤척이는
물새 한 마리
하얀 꽁지를 털고 있다

물속
흐르는 초생달이
하얘지도록 쪼고 있다

—「겨울새」 전문

이 시는 정중동(靜中動)의 정밀한 분위기 속에서 '겨울새'의 외로운 모습을 한 폭의 풍경화로 그려낸다. 겨울새의 고독은 "차가운 몸", "하얀 꽁지" 등의 표현을 통해 겨울의 계절 감각과 결부되어 나타난다. 이러한 물새의 상황은 1연의 "한파"로부터 기인한 것인데, 물새는 이 추위와 고독을 견디기 위해 "초생달이/하얘지도록 쪼고 있다". 여기서 우리가 주목하는 것은 1연의 "묵은 바람"과 3연의 "흐르는 초생달"에 숨어 있는 시간의 모티프이다. "묵은 바람"은 이 시의 공간적 배경인 "늪 갈대밭"에 부는 바람이 오랜 시간 계속되어 왔음을 암시하고 있다. 그리고 "흐르는 초생달이/하얘지도록 쪼고 있"는 새의 모습은 추운 겨울의 계절감을 상기시킬 뿐 아니라, 시간의 흐름이라는 두께를 내포하고 있다. 결국 하나의 장면을 묘사한 듯한 이 풍경화 속에 시간의 흐름이 개입되어 있어 시적 울림을 증폭시켜주고 있는 것이다.

　그러면 '초생달'에 숨어 있는 시간의 모티프는 과연 무엇일까? 겨울새가 "하얘지도록 쪼고 있"는 '초생달'은 "외로이 떠 있"는 '낮달'(「낮달」)의 이미지로도 변주되어 나타난다. '초생달'과 '낮달'로 형상화된, '달빛'의 이미지가 지닌 시간의 모티프를 자세히 고찰하기 위해서는 다음과 같은 시를 살펴볼 필요가 있다.

귀뚜리 소리에
마당에 서니
달빛이 소복이 쌓여 있네
낡은 처마는 잠을 깨어
지난 사연 일러주고
뒤안 늙은 감나무
제 그림자 밟고 있네
아! 나는 어디를 헤매다
이제사 돌아왔나
떠돌던 그대
홀로 두고

—「고향달」 전문

　고향에 돌아온 시인은 귀뚜라미 소리에 깨어 마당에 나선다. 거기서 시인은 "달빛이 소복이 쌓여 있"는 것을 본다. "달빛이 소복이 쌓여 있"다는 것은 무엇을 의미하는가? "낡은 처마"가 "잠을 깨어/지난 사연 일러주고", "늙은 감나무/

제 그림자를 밟고 있"는 장면에서 암시되듯, 그것은 세월의 더께를 고스란히 간직하고 있다는 뜻으로 이해될 수 있다. 어제 비친 달빛 위에 오늘의 달빛이 쌓여가는 것은 시간의 흐름 속에서 누적되는 기억의 두께를 말해주는 것이다. 따라서 '달빛'은 시인으로 하여금 "아! 나는 어디를 헤매다/이제사 돌아왔나"라는 탄식을 자아내게 한다. 결국 이 시는 '달빛'의 이미지가 '고향'으로 대변되는 과거, 혹은 유년의 세계와 현재의 공간을 이어주는 연결고리 역할을 하고 있음을 증거해 준다.

정태일 시인의 시는 어머니와 고향에 대한 그리움을 형상화한 시와, 건설 현장의 노동의 삶을 형상화한 시로 대별되는데, 다음의 시는 두 번째 유형의 시에도 '달빛'의 이미지가 개입되고 있음을 보여준다.

노을이 비껴가는 공사장에
콘크리트처럼 박제된 시간이 있다

골재를 실어낸 깊은 웅덩이에
둥근 달이 빠져 있다
가만히 들여다보니
달은
잔잔한 물 아래
배고픈 아이처럼 엎드려 있다

바람도 없는 이른 밤

누가 켰을까
공사장 너머
하늘에 매달린 수은등 하나

—「달과 수은등」 전문

　1연의 "콘크리트처럼 박제된 시간"은 공사 현장으로 대변
되는 현재적 삶이 진정한 의미와 생동하는 활기가 고착된 공
허한 것임을 암시해 준다. 시인에게 있어 현재의 삶은 '고
향'이 지닌 본래적 삶의 의미가 퇴색되고 소실되어 '콘크리
트'처럼 단단한 양상을 띤다. 시인은 이런 현실의 "골재를
실어낸 깊은 웅덩이"에서 "둥근 달"을 발견한다. 가만히 들
여다보면 이 '둥근 달'은 "잔잔한 물 아래/배고픈 아이처럼
엎드려 있"다. "배고픈 아이"는 유년 시절 시인의 자화상일
것이다. "깊은 웅덩이"에 비친 "공사장 너머/하늘에 매달린
수은등"을 "둥근 달"로 보고, 그 "둥근 달"에서 유년의 자신
의 모습을 발견하는 시인은, 결국 '달빛'이 지닌 시간의 모
티프를 통해 현실 속에서 현실 너머의 과거를 바라보는 것이
다.

짓밟힐수록
단단해지는 놈이 있다
발목을 적셔오는
시멘트 얼룩이
살 속으로 스며들 때
그의 발은 더욱 빨라진다

그 발 아래
분분한 유년의 그리움이
이른 봄날의 녹녹한 희망이
콘크리트보다
단단하게 되살아난다
그 단단함이
썩은 세상에 질서를 부여하고
뼈대를 추스린다
— 「김씨의 콘크리트 작업」 전문

이처럼 "분분한 유년의 그리움"은 "콘크리트보다/단단하게 되살아"나서 "썩은 세상에 질서를 부여하고/뼈대를 추스"리는 데서 그 시적 의미를 찾을 수 있다. 시인은 끊임없이 과거의 유년으로 되돌아가서 순수한 본래적 자아를 회복함으로써 "썩은 세상"으로 표현되는 현실의 부패와 부정을 정화하려 하는 것이다. 순수와 정화는 모성의 원형적 의미와 연관성을 지닌다. 따라서 정태일 시인이 보여주는 "분분한 유년의 그리움"은 '어머니'에게로 초점이 모아진다. '어머니'는 '가시내' '당신' 등으로 나타난, 부재하는 그리움의 대상들을 대표하는 존재인 것이다.

1) 어머니가 발갛게 벗겨
　　처마 끝 조롱조롱 매달아놓은 가실감에
　　촉촉한 새벽 이슬 내려오네
　　파랗게 언 저녁 별빛 스미네

찬 바람 불어
흰 설움이 실꽃처럼 피어나네
어머니 몰래 따 먹을까
아니야 아니야 어머니가 주시겠지
손가락 하나 둘
세다보니
어느새 깊어가는 겨울밤
화롯불엔 밤이 익어가고
하얀 쟁반엔 씨도 까만 곶감이 담겨 있네
어머니 무릎 베고
나는 착한 곶감처럼 잠이 드네

—「곶감」 전문

2) 실밥 한 올도
전생의 인연이라며
손끝으로 곱게 떼어내시던 어머니
밤 깊도록
구운몽을 읽으시네

어머니 돋보기보다 침침한 밤길
별빛을 친구 삼아
언덕을 넘으면
멀리 토담길까지 새어나오는
희미한 호롱불

—「호롱불」 부분

1)에서 시인은 '어머니'를 중심으로 형성되는 유년의 세계를 형상화한다. 어머니가 벗겨서 매달아놓은 "가실감"은 과거와 현재의 시간대를 이어주는 연결고리를 형성한다. "가실감"에 내려오는 "촉촉한 새벽 이슬"과 스미는 "저녁 별빛"으로 인해 어머니의 가실감이 형성하는 모성적 풍요로움에는 추위와 쓸쓸한 분위기가 스며들고 있다. 또한 "찬 바람"과 더불어 피어나는 "흰 설움"은 어머니로 대표되는 시인의 유년이 고향의 풍요로움 속에 결핍과 고독이 결부된 양상으로 회상되는 것을 여실히 보여준다. 그러나 후반부의 전개는 이러한 이중적 의미망을 동화적 분위기로 감싸안으며 시적 자아가 "곶감"처럼 "어머니 무릎"을 "베고" 잠이 드는 안식의 의미로 마무리된다.

2)에서 시인은 "실밥 한 올도/전생의 인연이라며/손끝으로 곱게 떼어내시"며, "밤 깊도록/구운몽을 읽으시"는 어머니의 모습을 회상한다. "구운몽"은 '인연'의 모티프를 축으로 '현실-꿈-현실'로 이어지는 환생의 순환구조를 보여주는 작품이다. 이런 점에서 정태일 시인의 시는 '희미한 호롱불'을 축으로 '현재'와 '과거'가 왕래하는 순환구조를 보여준다고 말할 수 있을 것이다. 현재와 과거를 이어주는 이 '희미한 호롱불'은 이미 분석한 바 있는 '달빛'의 이미지와 의미 연관을 지니는데, 이 '인연'의 의미망은 다음과 같은 시에서 표면화되어 나타나고 있다.

　　나는 안다
　　앵두나무 우물가

파아란 샘줄기가
끊어질 듯 이어지는 까닭을
어젯밤
조록조록 내린
저녁비 때문이 아니다
철없는 앵두나무도
가슴에 늘
조그마한 우물을
하나씩 품고 있다
백발이 내린 당신의 뺨이
아직도 붉은 건
실이끼보다 가느다란 우리의 인연이
끊어질 듯 끊어질 듯
이어지기 때문이다

—「앵두」 전문

　시인은 "앵두나무 우물가/파아란 샘줄기가/끊어질 듯 끊어질 듯 이어지는 까닭"을, 앵두나무가 가슴에 우물을 하나씩 품고 있기 때문이라고 말한다. 가슴에 숨어 있는 조그마한 우물은 '인연'의 끈을 상징한다. "끊어질 듯 끊어질 듯/이어지"는 '인연'의 끈은 "앵두나무 우물가/파아란 샘줄기"를 이어주고, "백발이 내린 당신의 뺨"을 "아직도 붉"게 하는 것이다.

　'달빛'과 '희미한 호롱불'의 이미지를 중심으로 시도되는 현재와 과거의 연결은 정태일 시의 핵심적 형상화 방식을 이

룬다. 따라서 정태일 시인은 과거로 거슬러가는 기억의 길 위에서 "첩첩히 포개진 생의 길", 혹은 "석류알처럼 붉은 시간의 모래톱"을 측량하는 "측량기사"(「측량」)라고 말할 수 있을 것이다. 붉은 시간의 모래톱을 측량하는 정태일 시인의 시적 체험은 그의 등단작 「굴참나무」에 원형적인 모습으로 형상화되어 있다.

집터는 닻이 튼튼히 내려져야
집안이 번창할 수 있다고
밤잠을 설치시던 아버지
소쩍새 울어
이른 잠 깨우는 신새벽
굴참나무 한 그루를 뒤란에 심으셨다
어머니는 나를 들쳐업고
물끄러미 지켜보시었다

그 어린 나무
어느덧 아름드리 그늘 드리우고
발그레한 열매를 수도 없이 떨구어 준다
하나 둘 주워
묵 만들어
아버지 제삿상에 올리니
험한 시절 허기가 엊그제 같아
눈물이 핑 돈다
덕지덕지 터진 껍질에

내 어머니의 깊은 울음이 나이테로 감겨 있을 것 같다

내 어느새 나이들어
굴참나무 앞에 서면 달빛에 부딪혀
떨어지는 댓잎소리, 바람소리
소쩍새처럼 울고 싶었다

—「굴참나무」 전문

　이 시는 10행까지의 과거시제와 이후의 현재시제의 두 부분으로 구성되어 있다. 전반부는 아버지와 어머니와 화자를 중심으로 한 과거의 가족사를 하나의 장면으로 요약하여 보여준다. "집안"의 "번창"을 책임지고 "굴참나무 한 그루"를 심는 '아버지'는, 노동을 담당하며 가족의 번영을 추구하는 부성의 모습을 상징적으로 보여준다. 한편 "나를 들쳐업고/물끄러미 지켜보시"는 '어머니'는 자녀의 보호와 양육, 그리고 남편의 노동을 뒷바라지하는 모성의 모습을 상징적으로 보여준다.

　후반부에 제시되는 것은 세월이 지난 후의 현재적 양상이다. 자라난 굴참나무의 열매로 묵을 만들어 아버지 제삿상에 올리는 모습은, '인연'을 매개로 과거와 현재가 연결되는 정태일 시의 중요한 모티프를 그대로 보여준다. 이 과거와 현재 사이의 수많은 세월 동안 솟아난 "어머니의 깊은 울음"이 굴참나무의 "아름다운 나이테"로 감겨 있다고 화자는 생각한다. 굴참나무의 '나이테'에는 인연의 끈으로 이어진 과거와 현재 사이의 간격과, 그 속에 스며 있는 어머니의 울음이 아름다운 무늬로 새겨져 있는 것이다. 그리고 이 '어머니의 울음소리'는 '달빛'에 "부딪쳐/떨어지는 댓잎소리, 바람소리"로 되살아나서 화자의 귓가에 울린다.

결국 정태일 시인은 과거로 거슬러 올라가는 '분분한 유년의 그리움'으로 "어머니의 깊은 울음"에 도달하려 하는 것이다. 따라서 그의 시는 어머니의 호롱불을 나이테에 새겨진 아름다운 무늬로, 혹은 어머니의 울음소리를 달빛에 부딪치는 바람소리로 되살려내려는 시도가 된다. 이렇게 되살아난 어머니의 호롱불과 울음소리는 시인으로 하여금 다시 아버지의 대를 이어 이 세상이라는 "집터"에 튼튼한 "닻"을 내리게 할 것이다. "소뚝새처럼 울고 싶"은 시인의 비애와 우수 속에는 아버지로부터 내려오는 이러한 인연의 끈이 노동이 지닌 신성한 의미를 되살리며 숨어 있는 것이다.

혈관 속, 마디마디 불꽃 툭툭
으스러져가던 대나무 막대처럼
그해 여름, 아버지는 뜨겁게 몸을 태우고 계셨다

시퍼런 동맥, 주사기 바늘 꽂힌 자리마다
시든 도라지 꽃잎이 피어 올랐다

병원문 밀치고 나와 얼마를 걸었을까 우리는
세종문화회관 돌계단에 앉았다
애야, 하늘이 어쩌면 저리 아름다우냐
노을 속으로 타들어가던 아버지의

귀향길

습내가 아픔처럼 스물스물 차오르던
고향집 안방, 장판 밑에 고이 감추어 둔
지폐 몇 장 꺼내시어
수박이 먹고 싶다시던 아버지,
부엌칼로 막 갈라 내온 수박이 뒹굴었다

그 핏덩이
쓸어묻은 담벼락 뿌리에
첫 눈발이 흩뿌리고, 쌓인 눈더미 위로
흙먼지 하얗게 뒤집어쓴 눈겨 쑥부쟁이가
부푼 꽃망울 내밀기 시작했다

—「눈겨 쑥부쟁이」전문

　이 시는 아버지의 임종을 묘사하면서 아버지가 시인에게
남긴 인연의 끈을 형상화한다. 1연에서 주목할 수 있는 것은
아버지의 삶과 그 임종을 "불꽃 툭툭/으스러져가던 대나무
막대"로 비유하고, "뜨겁게 몸을 태우고 계셨다"라고 표현하
는 대목이다. 시인에게 이어진 아버지의 인연의 끈은 동심의
세계인 아늑한 어머니의 품과는 대비되는 육체의 역동성과
힘의 발현으로 이해된다. 그것은 "굴참나무 한 그루를 뒤란
에 심으"(「굴참나무」)시며 "삶의 텃밭"(「범바위」)을 일구는
노동의 현실로 대변된다. 그리하여 2연에서 동맥 주사기가
꽂힌 자리에 피어오른 "도라지 꽃잎"은 3연의 "타들어가던"

"노을"과 4연의 "수박" "그 핏덩이"를 거쳐 마지막 연에서 "눈겨 쑥부쟁이" "부푼 꽃망울"로 다시 태어난다. 따라서 정태일 시인의 '고향'과 '유년'에 대한 그리움을 형상화하는 시와 '노동 현장의 체험'을 형상화하는 시의 두 시적 경향은, '어머니'의 '달빛'과 '아버지'의 '나무' 혹은 '집터'로부터 이어지는 인연의 끈이 만나며 형성해놓은 '달빛, 혹은 나이테의 울음 소리'인 것이다.

달과 수은등

글쓴이 / 정태일
펴낸이 / 孫貞順
펴낸곳 / 모아드림

1판1쇄 / 2001년 12월 28일
서울 서대문구 북아현3동 180-22
전화 / 365-8111~2
팩시밀리 / 365-8110
E-mail / morebook@netsgo.com
http://www.morebook.co.kr
등록번호 / 제2-2264호(1996.10.24)